神獸獵人 ③

雨中的神祕婦人

管家琪——文
鄭潔文——圖

目次

1 考前祕密武器……4

2 黑衣婦人的警告……10

3 神祕婦人的真面目……33

4 循水南下……45

5 海中神獸現身……60

6 追查化蛇蹤跡 …… 70
7 神獸逃脫的隱情 …… 81
8 天界的一分子 …… 94
9 回到原點 …… 102
附錄 趣說山海經 …… 105

1 考前祕密武器

這天放學後，高明帶著妹妹欣欣回家，一進門，媽媽就滿面春風的說：「我今天談成了一個合作喔！」

聽媽媽這迫不及待的口氣，顯然是已經憋了很久，早就希望和他們分享了。

「是什麼？」高明問。

「有一家店願意讓我寄賣手工布包！」

說著，媽媽興高采烈的把最近做好的布包拿出來給兄妹倆看，「老闆娘一看就說很喜歡，要我多做幾個。」

「是很漂亮。」高明說。

「你不做飯糰啦？」欣欣問。

媽媽神情愉快的說：「不做了。我覺得還是應該調整一下，改做一些像包包這類的商品，不必擔心有過期的問題。」

高明覺得很有道理，對啊，食品都會過期，如果沒在過期前賣掉，那就浪費了。

「媽媽，你真厲害！」高明說。

「我還是可以做一點什麼的！」媽媽笑得很開心，「你們餓了吧？」

「我餓了。」欣欣說。

高明說：「好吃鬼，你什麼時候不餓？」

「來，我做了好吃的藍莓派，先當點心吧……對了！」

媽媽忽然想起一件事，「小明，你明天就要段考了對吧？準備得怎麼樣？」

「還可以。」高明硬著頭皮回答。這其實是鬼扯，當然準備得不怎麼樣啊。

「沒關係，盡力就好。」媽媽柔聲說道，然後帶欣欣往廚房走，「你也一起來吧。」

「你們吃就好，我還不餓，先整理一下東西。」

「那記得順便檢查一下文具，不要丟三落四。」

高明回到房間，放下書包，開始有點緊張。他知道媽媽只是因為今天心情愉悅，所以才會說「盡力就好」，如果考完試、公布成績那天，不巧碰到她心情不好，那可就慘了。反正「有沒有盡力」從來都是由大人來判定，更何況他也確實不敢說，自己已經盡力準備了。

高明接著又想，媽媽這段時間一定辛苦了，好久沒看到她這麼開心，如果自己能在段考中表現好一點，也可以讓媽媽多開心一下。可是怎麼辦？明天就要段考了，今天晚上就算要臨時抱佛腳，恐怕也來不及……，咦？

高明忽然靈光一現，心想：哎呀！我怎麼這麼笨呢？怎麼還會需要煩惱時間不夠？我有韓天給的傳送貼紙啊！

高明的如意算盤是，趕緊帶上課本和作業簿去天界找韓天，讓他給自己安排個地方看書，在那裡用功複習幾天；等到複習好了，再回到家，到時候不僅把書都念完了，還會像自己從來不曾離開過一樣，多棒！

於是，他趕緊收
拾好書包，把明天要
考試的課本、練習簿
等，通通帶上，然後
拿出傳送貼紙，貼在
自己的額頭上。

2 黑衣婦人的警告

有過上次的經驗，這回高明立刻確定自己來到了天界的王城內。由於抵達的時間是晚上，街上已經沒什麼人了。

高明不知道此刻在天界是晚上幾點，他抬頭看看天空，原本天界的夜空應該是很好看的粉紫色，現在卻只看到烏壓壓一片，像是即將大雨傾盆，所有的星星和那明亮的滿月都不見蹤影。

這讓高明想起，當初在燭龍出現之前，天空也是這樣烏雲密布的景象。難道有神獸在附近活動？他心想，我得趕快找到韓天才行。可是，在空無一人的大街上，要怎麼找哇？

高明沿著大街走。他這才發現，原來看似古代的天界，也有像「路燈」一樣的東西，上回來的時候可能因為是大白天，所以沒注意到。

他走了好一會兒，一無所獲；所有店家都關門了，少數商店正在準備打烊，也沒人知道要到哪裡去找韓隊長。

高明不禁埋怨起來，韓天不是明明說過，傳送貼紙上有信息，只要自己一來，他就會知道的嗎？怎麼這次已經抵達好一陣子了，韓天卻還沒出現呢？

走著走著，來到王宮附近。高明想了一想，穿過大大的廣場，來到王宮的大門口。

高明對門口的警衛說：「叔叔，我想找韓隊長。」

警衛斜著眼睛看他，冷冷的問：「你是誰？」

「我是韓隊長的朋友。」高明沒敢說自己是用傳送貼紙來的，因為韓天交代過他們，對此不要多說。

「朋友？韓隊長怎麼會有年紀這麼小的朋友？」警衛很懷疑。

高明急急的說：「是真的，我知道韓隊長最近都在忙著捉神獸！我還親眼見過兩次，是燭龍和九尾狐！」

聽了高明這番解釋，警衛反而更加懷疑，「什麼神獸？你說捉什麼？」

這時，高明才猛然想起——糟糕！韓天說過顧大臣對於神獸出逃、以及要他負責把神獸捉回來的事，是採取低調處理。既然低調，那麼想必很多人都不知道，至少眼前這位警衛叔叔就不曉得。

「啊，算了算了，我自己去找吧。」高明趕緊轉身離開。

警衛也沒追，只當高明是一個胡言亂語的小孩，要不就是想混進王宮、到處亂逛的小鬼；像這樣的事可是經常發生，他們早就已經習慣了。

離開王宮，高明又回到大街上，往市鎮廣場的方向走。

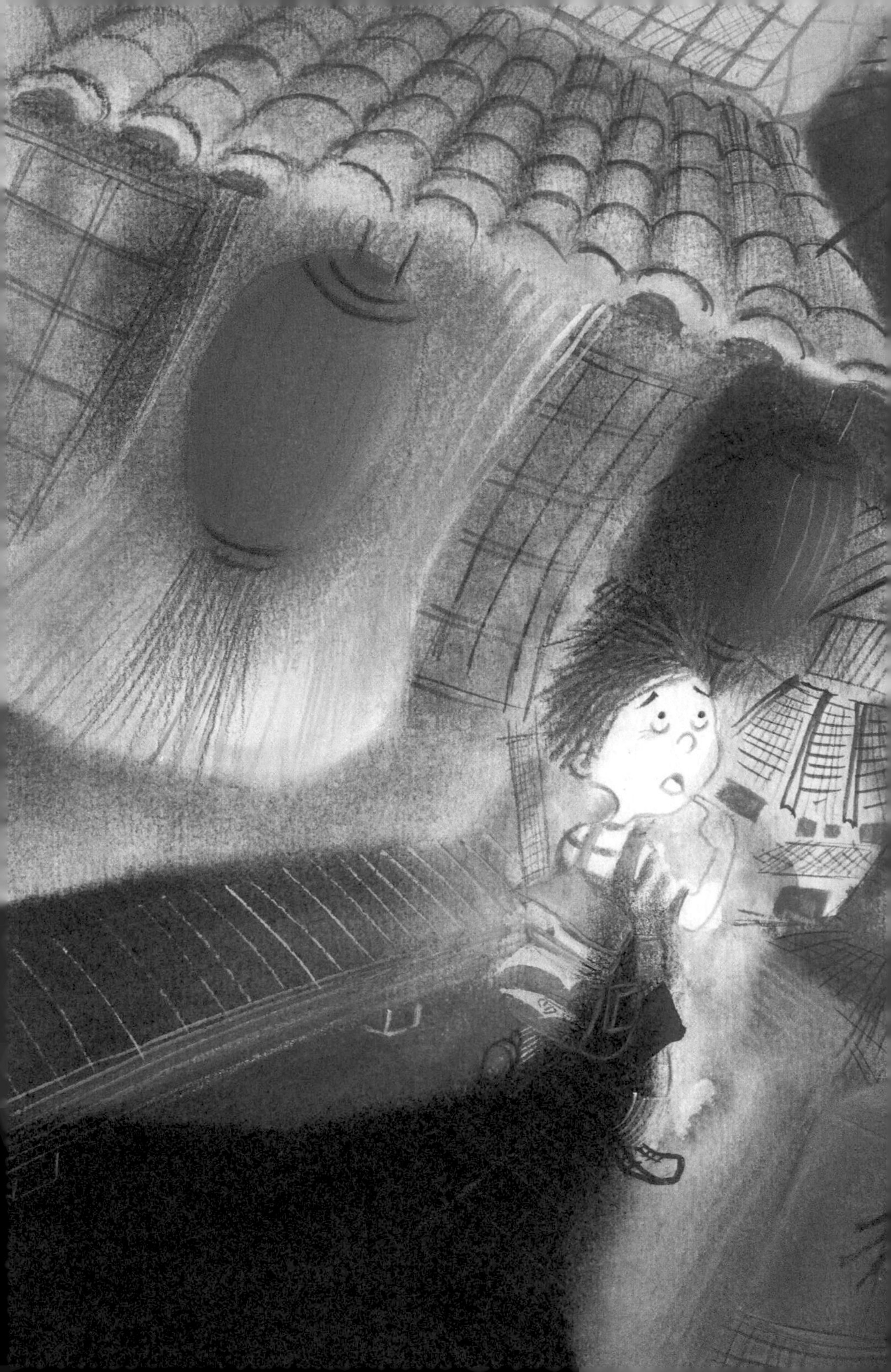

他覺得有一點冷，既然天界的時間和人間不同步，以後要來的時候最好還是多帶一件外套。看看天空，高明發覺烏雲積壓得比剛才更厚，心裡很是著急：暴雨好像快來了，怎麼辦？到底要上哪裡去找韓天啊？還是說，乾脆放棄，先回家去？可是，實在是好不甘心喔！

高明愣坐在街邊一張長椅上，考慮著接下來到底該如何是好。

他想得正專心，忽然覺得右手邊路燈的燈光彷彿暗了下來，抬頭一看，這才發現一位婦人站在他附近。

婦人身著一件黑色斗篷，斗篷又長又大，下襬垂到了地面。她的頭髮和身子都被斗篷緊緊包裹著，只露出臉部。看到她的第一印象，高明腦海中浮現了「小黑帽」，只不過是成年人版的「小黑帽」。

光從外貌來判斷，高明覺得她應該和媽媽的年紀差不多。她就這麼看著高明，高明覺得婦人的眼神裡充滿了善意。可是，好奇怪，為什麼她都不說話，還一直盯著自己？

高明被看得渾身不自在，只好主動說：「我在等人——不對不對，我在找人。」

婦人看看他，然後指指天空。

「是啊，好像馬上就要下大雨了。」高明回應道。

他忽然意識過來，原來她不會說話。

婦人把雙手從斗篷裡伸出，開始對高明比手畫腳。她比了半天，指了好幾次天空，神情有些憂慮，但高明一點也不明白她的意思。

「對不起，我看不懂。」

婦人停下來，想了一下，接著慢慢朝高明前進幾步，將他從長椅上拉起來，一直拉到騎樓下。

高明看著婦人，不知道她要做什麼，只覺得她看上去不像是有惡意。

沒想到，婦人一開口，真是把他嚇了一大跳。

「你不能待在這裡！」婦人說。

天空頓時響起一陣霹靂，暴雨的腳步好像又更近了。

高明一臉惶惑的看著婦人。她的口氣好兇、好嚴厲，可是神情看起來卻一點也不兇，有種奇怪的不協調感。

而且，我為什麼不能待在這裡？高明心想，有規定嗎？她是誰呀？難道是便衣警察嗎？這麼一想，高明準備要向婦人解釋：他總覺得韓天應該很快就要來了，甚至隨時都會出現，自己應該不會在這裡待太久的。

還沒來得及開口，婦人又說：「要下大雨了！」

哇！口氣聽起來更兇了！連媽媽都很少會有這麼兇的時候。高明開始害怕起來，擔心自己會不會碰到了精神病患者。

「不要怕！」她再度開口。

天啊，這麼兇還叫人家不要怕！高明困惑無比，想不通這到底是怎麼回事，為什麼婦人的口氣這麼兇，神情卻又是這麼的和藹，矛盾得很，一點也兜不起來。

隨著那聲簡直像在怒叱一般的「不要怕」，大雨傾盆而下，來勢洶洶。

高明很著急，這可怎麼辦！這麼大的雨，好像不便再堅持繼續待在這裡等韓天了。

「跟我來避雨吧！」

咦，婦人這一句話，怎麼聽起來不像在罵人了，倒像是嬰兒在大聲啼哭。難道她哭了嗎？好端端的幹麼哭啊？

但是，高明還來不及看清楚、想明白，就被婦人拉走了。婦人拉著高明迅速前進，雨勢頓時比方才更大，幸好街邊的商店都有寬闊的房簷，婦人帶著高明緊緊挨著這些房簷走，還特意讓高明走在不會被雨淋到的內側。

走了好一段路，他們才離開大街，進入小巷；拐了三條小巷，進了一間普通的木造屋。這個屋子非常不起眼，如果不是有人帶路，高明在經過的時候大概不會多看一眼。

高明站在門口，沒有立刻跟進去。

碰上這麼大的雨，雖然剛才有一大半的路都是沿著房簷走，現在他還是被淋得幾乎渾身濕透。高明心想，好吧，反正都這樣了，如果有什麼情況，他當然還是趕快轉身衝進雨

中，逃為上策。

只見婦人迅速點上屋內用來照明的油燈，然後拿出幾件衣服，示意他挑著換上，又隨即把壁爐裡的火點燃，再度招手要高明進來。

高明簡直被弄得一頭霧水。婦人的行為明明是個好心人，似乎擔心他在暴雨中流落街頭，可是剛才為什麼要用那麼兇的口氣說話？這一點令他很不解和在意。

不過，雨實在太大了，他決定還是接受婦人的好意。

看到高明進屋，婦人露出欣慰的笑容，先把木門關上，把大雨擋在屋外，再把乾衣服直接塞給高明，比手畫腳了一番，接著就到房間後頭去了。

雖然高明仍然不太能領會婦人的意思，但他覺得這也無妨，他還寧可婦人不要開口。

婦人剛才在比手畫腳時，有拍拍肚皮的動作，高明猜想婦人大概是問他餓不餓，想要拿些東西給他吃。果然，才一眨眼的功夫，陣陣滷肉的香味就從廚房傳來，讓高明聞得口水直流。

婦人端著一個托盤出來，有一碗白米飯，三道菜，都還在冒煙，高明覺得她的動作比媽媽還要快！她還是穿著斗篷，同樣把自己包得密不透風，就連帽子都沒掀開。高明有些納悶，難道她剛才也是穿成這個樣子在做飯？不會不方便嗎？既然都到家了，為什麼不把斗篷脫掉呀？

婦人招呼高明到餐桌邊坐下，慈愛的把餐具遞給他，然後坐下來，用愉快且充滿期待的眼神看著高明，顯然想要看到他大快朵頤，似乎這樣的欣賞可以帶來很大的成就感。

「謝謝阿姨。」

高明確實也餓啦，他拿起筷子、端起飯碗，正準備去夾一塊紅燒肉，忽然，木門被人給重重的一腳踹開！

是韓天！還有——什麼？

「欣欣！你怎麼又來了！」高明簡直不敢相信。

「你來了，我當然也要來啊。」欣欣說。

「可是，你怎麼——」

韓天大呼：「不要說話！」

高明嚇得立刻住嘴！

韓天看看高明，臉上出現啼笑皆非的表情，「我不是說你，我是說她。」

哦！高明意會過來，側過臉去看婦人。

婦人現在的模樣又讓他感到有些害怕了，只見她一臉惱怒的站起來，退後幾步，然後猛的把斗篷一脫。

媽呀！原來她的頭上有角——剛才被斗篷罩著，高明還以為是髮髻——背後有一雙布滿黑色羽毛的翅膀，此刻張得好大，正慢慢振翅。然而最讓高明吃驚的，還是婦人的身體，竟然上半身像豺狼，下半身像巨蟒！

高明恍然大悟，原來她是一隻神獸！怪不得她移動時，

看起來慢悠悠的，因為她沒有腳。

婦人盯著韓天，慢慢朝窗邊移動。

韓天一邊小心翼翼的解下腰間的繩索，一邊對婦人說：「快跟我回去吧！」

「不要！」隨著婦人這句憤怒至極的拒絕，屋外又響起兩聲響雷，雨勢也在瞬間變得更加滂沱！緊接著，在高明心情五味雜陳的注視下，婦人用力振翅，旋即破

窗而逃，飛出了屋外！

在理性上，高明知道應該支持韓天捕捉神獸，可是想到婦人剛才對自己這麼好，又不太希望看到婦人被捉……。

由於屋內空間比較狹窄，韓天不便甩出繩索，在勉強甩出一個並落空之後，他們只能眼睜睜的看著婦人逃走。

3 神祕婦人的真面目

韓天說，這位婦人其實是「化蛇」，最近才從皇家神獸園逃出。她一現身就會招來洪水，甚至只要一開口就會下暴雨，在造成更大的災害之前，一定要趕快把她找回來。

高明回想，確實每當化蛇阿姨一開口，天空就會立即打雷、雨勢加大。化蛇阿姨一定也很明白這一點，所以才一直對他比手畫腳，顯然是想要避免說話；無奈自己太過魯鈍，好像總是沒辦法精準掌握她的意思。

想到化蛇說話——

「為什麼她說話的聲音那麼兇啊？」高明問。

欣欣跟進問道：「比媽媽還兇嗎？」

韓天一聽，不禁笑出聲來。

高明不等韓天回答，已經想到另外一個問題，要趕快問欣欣。

「喂！為什麼你又這麼快就能找到韓天啊？」

「我也不知道呀！人家運氣好嘛。」欣欣笑得十分天真無邪。

高明簡直快要氣死了！

韓天問：「你們兩個怎麼不約好一起來？」

欣欣嘟著小嘴，哀怨的說：「哥哥總是故意不帶我，都自己一個人偷偷跑來！」

「不是啦！」高明很是尷尬。

不得已，他只好把自己偉大的複習計畫給說了。

他檢查書包，「幸好有化蛇阿姨幫忙，要不然剛才不止我會被淋成落湯雞，恐怕連書包也要全濕了！」

「哈哈，化蛇阿姨！」欣欣覺得高明的說法很滑稽。

高明有些難為情，解釋道：「我覺得她人挺好的，而且年紀看起來跟媽媽差不多大，所以很自然的就喊她阿姨了。」

「你剛才說，她講起話來口氣很兇，是不是有的時候又像嬰兒在大哭？」韓天問。

「對呀！就是這樣，感覺好奇怪。你真的好厲害喔！什麼都知道。」高明十分佩服。

「其實我留意烏雲已經好幾天了，也有懷疑過化蛇會不會藏身在城裡，可是又覺得她應該不會這麼大膽。現在想想，她可能就是故意在城裡躲著，希望把我引開，等我去了外地，再趁機離開。若不是今晚王城上空的雷暴頻繁得不正常，我都沒想到原來她在城裡，還有一個藏身之處。」

高明心想，這麼說，化蛇阿姨是因為開口跟我說話，才暴露了行蹤？一時之間，他忽然對化蛇阿姨感到有些抱歉。

此時，雨已經停了。韓天對高明說：「也許你在無意之中拯救了王城呢。」

「真的嗎？」高明很意外。

「你說化蛇一開始，叫你不要待在這裡，對不對？她應該是知道大水馬上要來了，怕你受到傷害。因為她所到之處本來就會發大水，現在她離開了，王城也安全了。」

原來如此。高明跑到門口看看天空，不知道是不是心理作用，感覺此刻的烏雲好像比之前是少了一些。

高明心想，看來韓天說得沒錯，即使化蛇阿姨不是存心作惡，但單就她會招來洪水這點，也應該趕快把她找回來。

正這麼想著，韓天又說：「你們跟我一起去捉化蛇吧，等到任務完成，再給你找個地方複習功課。」

「那哥哥複習功課的時候，我要做什麼？」欣欣問。

「到時候會找點事情給你做的。反正你們要一起回去，這樣時間線才比較不會出錯。」

「好啊，我們跟你一起去。」高明立刻響應，畢竟捕捉神獸當然是比複習功課要有意思得多啦！

再說，他知道韓天不會傷害神獸、不會傷害化蛇阿姨，只是要把化蛇阿姨送回皇家神獸園而已。

「要怎麼開始呢？」高明問。畢竟化蛇阿姨剛才已經飛走了呀，要怎麼追蹤一個會飛的人呢？

「先從氣象圖開始研究吧！哪裡最近經常出現不正常的暴雨，就表示很有可能是化蛇出沒。」韓天說：「而且，下過雨的地方，土地比較濕潤，地上的足跡也會更明顯。」

他們正說著，忽然感覺外面一下子變得好暗。韓天提著油燈出去察看，發現外頭的街燈全部都熄滅了。

他回到屋裡，告訴兄妹倆：「沒什麼，大概是剛才的雨太大了。」

高明很能理解，對呀，以前每次一下大雨，他們家巷口的紅綠燈就會壞，天界大概也是一樣吧。

「我們趕快走吧。」韓天特別交代高明：「帶好你的東西，衣服也別忘了，回去的時候還要再換上。」

「等一下！」欣欣說：「我也要換古代的衣服。」

韓天很為難，「你的衣服在我那裡，現在我們沒時間回去拿了。」

「可是哥哥都穿古代的衣服了，我也要！」

高明趕緊說：「那你就穿男生的衣服吧！」

剛才化蛇阿姨拿了幾件衣服出來，他趕快找出一件比較小的給欣欣。

「耶！」欣欣很滿意。

等欣欣換上衣服後，他們才發現，原來古代小男生跟小

女生穿的衣服，樣式根本差不多！

高明問：「現在外面這麼黑，我們怎麼看路啊？」

「放心吧，當然有辦法了。」韓天從背包裡陸續拿出發光石、小磁鐵和登山棍，都是兄妹倆見過的東西。

韓天把發光石黏在小磁鐵上，再把小磁鐵黏到登山棍上，一連做了三個火把造型的照明燈，剛好一人拿一個。

高明好奇的問：「你是不是猜到我們隨時都可能來找你？不然怎麼會剛好帶著我們用過的登山棍？」

韓天笑笑，「應該說是我很歡迎你們來吧。」

4 循水南下

離開木屋後，韓天帶著兄妹倆循著化蛇走過的足跡，一路追蹤到王城的南門，再從這裡出城，繼續前進。

走了好久好久，一片偌大的沼澤阻斷了他們的去路。

「糟糕！」韓天皺著眉頭。

「怎麼了？」高明和欣欣齊聲問道。

「這裡原來沒有沼澤。」韓天說。

沼澤的面積還這麼大！也就是說——

「這裡本來是一片草原，離海岸線還很遠，現在竟然變成這個樣子！顯然是化蛇招來的大水，把草原都淹掉了。」

嚇，這麼厲

害！高明心想，「那怎麼辦？」

韓天看看四周，「這附近有一個人應該可以幫得上忙。」

他從背包拿出一卷卷軸，是兄妹倆都見過的

動態地圖，打開來研究了一番，然後說：「跟我來。」

韓天帶著他們折返，走了好一段路，見到一個石碑，石碑上寫著「望鄉」兩個字；然後從石碑旁的小路轉進去，不久來到一座農莊。

和農莊主宅還有相當一段距離的時候，韓天說：「你們在這裡等著，我去去就來。」

高明和欣欣很聽話，舉著照明燈，乖乖的在原地等候。

遠遠的，他們看見一個身材壯碩的男子走出來，見到韓天好像很驚喜，兩人立刻擁抱，似乎是很久不見的好朋友。

可能是隔得太遠，兄妹倆聽不見韓天說些什麼，只注意到韓天才說了沒幾句，那人就朝他們這兒看過來，接著，兩人似乎刻意小聲交談了一陣，便一起朝屋後走去。

等了一會兒，都還沒見到兩人再出現，欣欣有些急了，「人呢？到哪裡去了？」

「可能是去拿什麼東西吧。」高明猜測韓天可能是來借東西，可是不明白為什麼要搞得這麼神祕兮兮。

終於，兩人又出現在兄妹倆的視線之內，而且令他們非常驚訝的是，兩人開著一輛拖車，車後還拖著一條船！

韓天果然是來借東西，居然借到了一條船。這條船並不是很大，上頭有個小篷子——高明想起來了，看起來像「烏篷船」，他在影片裡見過。

拖車緩緩開到他們面前，韓天跳下來，把兄妹倆一一送上車。

「叔叔好。」兩人都乖巧的打招呼。

「好乖，」那人看看兄妹倆，對韓天說：「真不簡單啊，大王居然同意讓你帶著他們這樣亂跑。」

韓天沒接話，只說：「謝謝你把船借給我們。」

那人把他們三個，連同那艘小船，一路載到了沼澤邊。

三人就這麼坐著小船南下，小船行駛了好一陣子，漸漸離開沼澤，進入了湖泊。這座湖泊大到看不見邊際，兄妹倆一開始還以為是駛入了大海。

韓天說，沒那麼快，這座湖泊只是一個過渡，大海還遠著呢。化蛇顯然已經把位於王城近郊的南方大草原，變成了大海的一部分，現在一定是往南方大陸去了。

高明問：「她會不會乾脆躲進海裡，不出來了呢？」

高明想著，既然化蛇阿姨的下半身像蟒蛇，會不會像水蛇一樣，以水為家？

可是韓天說：「我想不會，如果化蛇在水裡待太久，翅膀會退化的。」

高明又想，對喔，有道理，假如我有一雙那麼酷的翅膀，絕對捨不得讓它退化。

「我想她會在南方大陸上岸，因為那將是她一路南下之後，碰到的第一塊大陸。」韓天補充道。

「那裡是什麼樣子？」欣欣問：「跟這裡差不多嗎？」

欣欣指的「這裡」，自然是指王城。

「不，跟這裡很不一樣。」

高明也很好奇，「那是什麼樣子？」

韓天笑笑，「還是等你們自己去看吧。」

欣欣又問：「還要多久才到啊？」

「至少還要五天。」

「這麼久！」兄妹倆齊聲驚呼。

韓天笑道：「要冒險，哪有連時間都不肯花的啊？」

「可是在電影裡，那些主角不管要去哪裡，都是『咻』的一下，就飛過去了！」欣欣說。

「對啊，」高明也說，「就連在外太空也一樣，他們去任何一個星球都快得像去隔壁而已。」

「一部電影只有兩三個小時，如果把時間都花在拍主角坐車坐船，誰要看啊？」韓天說：「再說，旅途中所花的時間都是有意義的，有的時候還會有些意想不到的收穫。」

說到時間，高明靈機一動，「我們有傳送貼紙呀！要不要我們先回去，等你快到南方大陸的時候，看看怎麼通知我們，我們再來？」

欣欣馬上說：「可是你不是要把功課複習完再回去嗎？」

哎呀！對啊，又把要段考的事給忘了！

韓天說：「而且這個辦法行不通，因為我給的貼紙，都是設定傳送到王城，所以如果你們現在回去，就算我及時通知你們——事實上沒辦法——假設我能吧，你們再來的時候也是傳送到王城，不可能同步跟我一起抵達南方大陸。」

原來如此。高明突然又想到一個問題，「對了，那我今天來的時候，你是不是不在王城？」

「是的，我去皇家神獸園了。」

這樣高明就明白了，正是因為韓天當時不在王城，所以接收不到自己來到天界的信息，當時才沒有立刻出現。

果然，韓天又說：「我在回王城的路上，注意到天氣特別怪，在很短的時間內間歇性的下了幾場暴雨，感覺像是有人刻意控制一樣。我才剛進王宮，正要去向顧大臣報告在皇家神獸園的調查結果，欣欣就來了。」

「欣欣被傳送到王宮？」

「是啊，可能是上回我給你們的貼紙中，夾雜著一張我自己要用的，剛好被欣欣拿到了。因為我的傳送貼紙都是設定傳送到王宮。」

欣欣開心的說：「所以我說我運氣好嘛！」

高明真是為之氣結，原來欣欣不僅沒有被淋到雨，居然還輕輕鬆鬆的直接抵達了王宮。自己可是被擋在王宮外面啊！真是好不公平喔！

5 海中神獸現身

他們就這樣老老實實的坐著小船，慢慢前進。所幸小船還有帆，靠著韓天的掌控，順風順水，要不然會前進得更慢、要花更多的時間了。同時，幸好小船上有個篷子，因為中途他們遇到了幾場大雨，大雨來時還可以一起擠在篷子裡避避雨，要不然就得澈澈底底的風吹雨淋，那樣的冒險旅程就實在太慘、太克難了！

出發第二天，他們經過一個高高凸起的建築，兄妹倆都很好奇。「那是什麼？」

韓天研究了一下隨身攜帶的動態地圖，「這裡本來是南部的一個港口，過了這裡我們就真正進入大海了。」

啊！什麼？整個港口都被淹掉了？

兄妹倆很震驚，化蛇招洪水的威力真的好嚇人啊！

高明望著那露出水面一小部分的建築，很是納悶，覺得看起來有一點工業化的氣息，至少不怎麼像古代的設計。

他想起韓天曾經說過，人間有多大，天界就會更大；不由得心想，如果天界這麼大，或許有些不同的建築風格，也是可能的吧。

在第四天晚上，兄妹倆睡得正熟，忽然被韓天推醒。

「快起來，你們快來看！」

高明一醒，第一個感覺是——

「好冷喔！怎麼這麼冷？」高明冷得直打哆嗦。

欣欣也跟著嚷嚷：「我也是，好冷！」

「一下就好，你們快來看！」說著，韓天把兄妹倆通通拉起來，把他們拉出篷子，指著前方說：「看到了沒？」

「看什麼？」欣欣問。

此刻是夜晚，四周濃霧籠罩，能見度很差，再加上大風大浪，他們坐在靠近船頭處搖搖晃晃的，視線很難集中。

高明說：「我也沒看到什麼……咦？」

「怎麼樣？看到了沒？」

欣欣很著急，「哥哥，你看到了什麼？」

高明不太確定，「我好像看見一座島……不對，是一個很大的東西在動，但好像不是船——」

一道閃電及時出現，兄妹倆終於同時看清楚那個若隱若現的龐然大物。天啊！原來是一隻好大好大的烏龜，還有一條大蛇盤繞在龜殼上！

「哇！烏龜！蛇！」欣欣大嚷。

「噓，你小聲一點！」高明制止道。

「沒關係，那麼遠，他聽不到的。」韓天說：「你們的運氣真好，這是玄武啊！即使在天界，一般也很少有機會見到玄武，而且也必須隔這麼遠，才能看清他的全貌。」

「玄武？」啊！高明想起來了。

這是鼎鼎大名的「四大神獸」之一，又名龜蛇，不久前他才在學校裡和同學們談過。

「我、我沒想到玄武竟然會、會這麼大！」高明目瞪口呆的說。

欣欣嚷著：「什麼啊？你們在說什麼？我都聽不懂！」

欣欣對「玄武」這個詞很陌生，聽在耳裡，不明白是什麼意思。

高明解釋道：「這是一隻很有名的神獸。」

「一隻？不是兩隻嗎？我剛才明明看到烏龜和蛇啊？」

「不是，他其實是一隻，是龜和蛇的合體。不過，」高明很納悶，「我記得玄武不是北方之神嗎？他怎麼會在這裡？我們不是往南方走嗎？」

「可見從皇家神獸園跑出來的神獸太多，隨著他們在外活動，連一些自然規律都被改變了。」韓天皺著眉頭說。

「他好像要潛到水裡去了！」欣欣叫著。

這時，天空適時又出現一道閃電，高明清清楚楚看到龐大的玄武確實好像準備往水裡潛去。

「太壯觀了！」高明說：「我沒想到玄武居然會這麼大！比一艘戰艦還要大！」

韓天說：「你們看過的那隻燭龍也很大啊，燭龍在天界的時候，身體足足長達一千里。」

高明想起來了，對啊，之前韓天說過。

不久，玄武潛入水中，身影從水面上消失。

兄妹倆仍然癡癡的望著水面，希望玄武能再次出現。然而，等了好久，再也沒看到玄武的身影。

韓天拍拍他們，「怎麼樣？現在不覺得冷了吧？」

「嗯，好多了。」欣欣問道：「為什麼玄武一出現，四周就會變得比較冷？」

這個問題，高明知道答案，搶著回答：「因為他代表四季裡的冬天。」

說完以後，他看看韓天，很高興的看到韓天回報自己一個嘉許的笑容。他回想起韓天說過，有時在旅程中會有一些意外的收穫，心想，果然如此呀！

6 追查化蛇蹤跡

隔天，他們在清晨時抵達南方大陸。當時，濃霧尚未散去，天色矇矓。

高明緊張的問韓天：「你確定我們現在是朝港口前進？」

「當然，馬上就要進港了。」

「可是，我怎麼覺得前面好像有好多好多的怪獸，或是神獸？反正都是一些大塊頭的傢伙，難道是玄武帶著跟他一樣大的夥伴過來了？」

欣欣也看到了，「可是我覺得看起來好像是一些好大好大的積木。」

高明又問：「那些一閃一閃的是什麼？難道是怪獸的眼睛嗎？」

如果是，那就表示前方有多少怪獸啊！簡直多到數都數不清了！

韓天笑而不答，只說：「你們等一下就知道了。」

等到他們的小船入港，兄妹倆真正看清楚後，不禁都為眼前的景象愣住了。

這個南方大陸，竟然是一個非常工業化的地方！完全像是人間那些著名的大城市，高樓林立。而且因為現在是大清早，一棟棟大樓都還燈火輝煌——跟人間一樣——那些大城市向來都不太珍惜資源，燈光總是從早開到晚、徹夜不眠。

站在碼頭上，有那麼一兩秒鐘，兄妹倆有些晃神，不確定自己到底在哪裡。

「這裡怎麼這麼——這麼——」高明實在不知道該如何形容眼前的城市。

「你是想說『現代』嗎？」韓天幫忙。

「怎麼這麼——這麼——」高明還在結結巴巴，「一點也不像天界嘛！」

韓天笑笑，「你忘了我們曾經討論過一種說法，所謂天界，就是天堂。你只要想，每個人心目中的天堂各式各樣，就不難理解了。」

「那就是說，這裡的居民心目中的天堂，就是大城市的樣子？」高明問。

「差不多就是這個意思。」

很快的，他們看到一些當地居民，個個都是現代裝束。

高明問：「我們要不要把衣服換回來啊？現在只有我們三個是古裝人。」

韓天說：「無所謂，一會兒你也會看到跟我們穿著類似的人。」

高明心想，哦！這一點就更像是大城市了，大城市的居民幾乎都是這樣，好像對任何奇裝異服都不會大驚小怪。

「走吧，我們找人打聽去。」說著，韓天帶兄妹倆離開港口，進入市區。

「你確定化蛇阿姨——化蛇，會在這裡嗎？」高明看看

天空，「我覺得天上的烏雲，好像不算特別密啊。」

照理說，化蛇出現的地方不是都會下暴雨，甚至發生水災嗎？可是現在天空雖然有烏雲，但高明覺得還不至於給他強烈的壓迫感，和在王城遇到化蛇那晚的感覺很不一樣。

韓天說：「離開王城以後，化蛇就一直待在水裡，我想她差不多要上岸了。」

韓天相信，城市裡的居民雖然幾乎對什麼都見怪不怪，但化蛇的模樣畢竟還是太特別了，只要她上了岸，不可能不被人發現。

他們在港口附近稍一打聽，果然很快得知最近這裡確實出現了一個怪物，而且那個怪物正是女性的模樣。

但是好幾個居民都說，那個怪物有腳、會走路啊，只不過不良於行，走起路來一跛一跛的而已，沒看見什麼下半身像蟒蛇，沒那麼恐怖啦。而且她的頭上也沒有角，之所以會被媒體稱之為「怪物」，是因為肩膀上有兩個怪東西，看起來像是退化的翅膀。

聽到居民這麼一說，韓天都不確定這個怪物是不是化蛇了，不過，他認為還是應該先找到怪物再說，搞不好是其他出逃的神獸，只不過尚未登記在案。

可是，沒人知道那個怪物去了哪裡，只知道她曾經被捉進警察局，但在審訊過後，警察沒有發現任何犯罪事實，便把她釋放了，之後怪物就不知去向。

他們打聽了好久，終於問到一條非常重要的消息。有一位居民說，兩天前曾經看過她。當時有好幾個人圍著怪物，挑釁著要求她脫掉斗篷，讓他們看看肩上像是翅膀的東西。

「斗篷？」高明立刻追問：「是不是黑色的？」

「是啊，是黑色的。」

高明對化蛇阿姨的黑色斗篷印象深刻，他對韓天說：

「我覺得一定是她。」

聽到消息後，高明覺得有點難過。如果那真的是化蛇阿姨，為什麼她的樣子會變得這麼多？而且聽起來她好像被欺負了……。

想到這裡，他趕緊追問那位居民：「當時你有沒有過去幫她？」

「幫她？你是說幫她打架？她不需要幫忙的，兩三下就把那幾個傢伙給擺平了。」

韓天問：「你還記得是在哪裡看到她的嗎？」

「當然記得，是我每天晚上都會去用餐的地方。」

這人說了一個詳細的地址。韓天拿出動態地圖一查，是在被標示為「外來區」的地方。

7 神獸逃脫的隱情

不久，他們順利找到那個地方，也找到那家餐廳。餐廳老闆說，他看這個怪物可憐，就給了她工作機會，現在她正在後頭的巷子裡洗碗。

三人來到餐廳後面的巷子，果然看見一位身著黑色斗篷的婦人，正坐在那裡洗碗，面前有一大盆堆積如山的碗盤。

婦人一看到他們，馬上站了起來，一臉警戒。當她繼而注意到高明也在的時候，微微一愣。

高明知道她一定是認出自己了，馬上叫道：「阿姨！」

既然確定是化蛇，韓天說：「快跟我回去吧。」

說著，他伸出右手摸向自己繫在腰間的繩索。

高明忽然感到腦門一熱，趕緊出手阻止：「不要捆她！」

化蛇一聽，立刻擺出拒捕的架勢。

高明不忍心看化蛇阿姨被繩索給綁住，他一時也說不清是基於什麼樣的心理。之前他看韓天捕捉其他神獸時，好像比較沒有過這樣的感覺，難道是因為化蛇有一張人的臉嗎？可是燭龍也有人臉啊，雖然比一般的人臉要大得多。

對了！高明想到了，一定是因為遇到化蛇的那晚，化蛇看起來很正常，像一位普通婦人，而且是位好心的婦人，對他很照顧。想到那天晚上，高明益發覺得沒有辦法把她當成是隻「獸」來看待，即使是「神獸」，他也覺得不能接受。

高明的反應令韓天有些意外。

韓天說：「你別緊張，我不會傷害她的。」緊接著又對化蛇說：「快跟我回去吧。」

化蛇厲聲道：「不！我不要回去！」

話音剛落，天空就響起一聲響雷。

欣欣一聽，嚇了一跳，立刻躲到韓天身後。

與雷聲相較，高明知道更令欣欣驚嚇的，其實是化蛇阿姨那罵人般的口氣，安慰道：「別怕，她講話就是這樣。」

其實高明不止一次回想過那天晚上，意識到儘管化蛇阿姨講起話來兇巴巴的，可她其實沒有說過一句罵人的話，而且又在實際行動上表現得那麼善良又有愛心，看到一個陌生小孩在暴雨將至的夜晚流落街頭，就好心的帶回家照顧。

高明用力按住韓天的右手，不讓韓天抽出繩索，並懇求道：「用講的好不好？勸勸她主動回去，不要捆她，好嗎？」

韓天看著高明，似乎受到了某種觸動。

「好吧，我試試。」

而化蛇呢，臉上還是帶著憤怒和緊張的神情，同時也仍然維持著拒捕的架勢。

韓天考慮了一下，開口說：「雖然你現在的法力好像退化了很多，但這也許只是因為你在水裡待得太久了——」

高明靈機一動，打岔道：「也或許是因為這裡的居民不相信真的有神獸。」

他記得在書上看過，如果沒人相信小精靈的存在，小精靈就會死去，說不定神獸也是這樣？會不會因為這裡是個現代化的大城市，大家無論對什麼都見怪不怪，就連堂堂神獸都只被視為怪物，所以化蛇阿姨的法力受到影響，就逐漸消失了？

韓天轉頭看了一眼高明，「嗯，也有這個可能。」又立刻對化蛇說：「不管怎麼樣，等你的法力恢復之後，別忘了你會招來洪水啊，到時候這裡不是就危險了嗎？你一定不忍心看到那樣的事發生吧？還是趕快回到皇家神獸園去——」

「我死都不要回去！我不要被當成獸類！我在這裡會慢

慢退化的！我會好好表現的！他們總會接受我的！」

哇！兇得要命！每一句都是罵人的口氣，可實際上化蛇並不是故意的。

高明趕緊再次提醒欣欣，「忽略她的口氣，她講話就是這樣的！」

同時，他也緊張的看看天空，擔心在雷聲隆隆中，暴雨會不會隨即而至，幸好沒有。

韓天似乎挺能理解化蛇，「我知道你的意思，我前幾天才又去了一趟皇家神獸園，我會向大王報告，請他改善園內待遇的，我保證！」

高明後來才知道，原來就在自己傳送到天界的那晚，韓天在皇家神獸園找到一份之前沒看過的檔案。這份檔案中，記載了近期一系列抗議事件，每次都是以化蛇為首，抗議在皇家神獸園所受到的待遇太差，希望改善對待他們的方式。不管怎麼說，神獸一族也是天界的一分子啊。

「沒用的！我都抗議過好幾次了！」

韓天說：「那是因為之前的消息被封鎖了，王庭根本沒收到你們的陳情。事實上，如果不是覺得最近突然有這麼多

的神獸出逃，實在有點蹊蹺，所以再三要求檢查所有檔案，我也不會發現那份關於抗議的資料。」

「真的？」此刻化蛇的聲音聽起來像是嬰兒的啼哭聲。

韓天說：「請你還是先跟我回去吧！你們神獸

畢竟不同一般，都擁有驚人的威力；如果哪天你的法力恢復，這裡不就要淹大水了？」

化蛇聽了，愣了半晌，漸漸放下劍拔弩張的架勢，「哭」著說：「我今天早上的確發現又長出了幾根羽毛……。」

果然化蛇目前的模樣和狀態，都是極不穩定的，而且很有可能正朝著恢復原貌的方向發展。

高明趕緊動之以情，「阿姨，我知道你最好心了，萬一哪天你忽然完全恢復，卻招來了大洪水，把這裡通通都淹掉，你一定會很難過的！」

「你！」化蛇看著高明，激動萬分，「你這個孩子真乖！總是叫我阿姨！」

被如此兇巴巴的口氣誇獎，真是一種特別的經驗。

欣欣立刻幫腔：「阿姨，你說的沒錯，我哥哥連在跟我們談起你的時候，都是說『化蛇阿姨』！」

化蛇看著兄妹倆，十分感動。

「先回去吧，」韓天再度保證：「相信我，我一定會盡快回去報告，請大王重視這個問題。一方面加強皇家神獸園的管理，一方面改善你們的待遇。」

經過韓天和高明聯手苦口婆心的勸說，在天空開始飄起雨絲之際，化蛇終於勉為其難的同意，讓韓天在她的額頭上貼上傳送貼紙，就這樣被送回皇家神獸園。

接下來，韓天再為自己以及兄妹倆，貼上可以直接傳送到王宮的貼紙，一起回到了王宮。

8 天界的一分子

當大王得知韓天又捉回一隻神獸，很是滿意，對韓天表示了嘉許。

韓天說：「不是捉回來，她是被我們勸回來的。」

聽到韓天這麼說，高明很高興。

韓天隨即信守承諾，向大王報告在皇家神獸園意外發現的檔案，以及上面所記載的神獸抗議事件；那天晚上，他才剛剛來到王宮，欣欣就出現在王宮的等候廳，因為得知高明也來了，而且是早於欣欣出發，兩人急著去找尋高明，所以關於檔案的事，還沒能及時跟大王報告。

「有這樣的事？」大王問道：「那些神獸抗議受到的待遇不好？」

「是的。」韓天把檔案上的內容報告了一番。

沒想到，大王聽了之後卻不以為然，「這些神獸，就算他們有的擁有一張人臉，可並不代表他們就是人。瞧他們一個個都奇形怪狀，大部分的長相都很怪異——我就不說是噁心或是恐怖了——至少總是怪異吧！在我看來，他們就是獸，憑什麼要求這麼多啊！」

韓天沒有退縮，繼續力爭，「可神獸一族也是天界的一分子啊！」

「我完全同意韓隊長的話，」總是待在大王身邊的顧大臣也聲援道：「在咱們天界，神獸一族一直是個特殊的存在，其實不僅咱們應該重視他們，『下面』也該重視他們。」

兄妹倆都明白，顧大臣所謂的「下面」是指人間。

這回顧大臣不像上次陰陽怪氣的說話，好像總是暗帶嘲諷，而是大力支持韓天，真是令高明刮目相看。他原本對顧

大臣的印象不太好，現在倒是大大改觀了。

韓天進而表示，由於皇家神獸園給予神獸們的待遇不佳，令神獸們頗有微詞，建議盡快在這方面整頓改善，也有利於繼續找回還在外頭遊蕩的神獸。

經過韓天和顧大臣的輪番勸諫，再加上韓天讓高明現身說法，報告那天晚上化蛇是如何好心的幫助，足見神獸一族深具人性，不應把他們視為獸類。

最後，大王終於同意會加強皇家神獸園的整頓，提升神獸的待遇。

9 回到原點

任務完成，又到了分別的時刻。

韓天再次給了兄妹倆一些傳送貼紙。這次在大王的允許之下，全都設定為直接傳送到王宮的等候廳。

不過，韓天也提醒高明和欣欣，儘管他很歡迎兄妹倆再來，不過兩人還是不要太過頻繁的穿越天界與人間比較好；尤其要避免在短時間之內反復使用傳送貼紙，因為時間線有被卡住的風險，萬一哪一次時間沒弄清楚，造成混淆，那就麻煩了。

兄妹倆才剛剛瞬間被傳送回家，就聽到媽媽在房門外叫他們的聲音：「快來吃飯吧！今天早一點吃，等吃完收拾好了，我就要趕快去忙我的布包了。」

媽媽的聲音聽起來十分歡快。高明很快想起，這天媽媽因為有商店願意讓她寄售布包而心情大好，看來她真的打算要大拼一場呢……哎呀！

高明的腦袋忽然像是被誰給重重的捶了一記——糟了！明天要段考！

他急得立刻跳了起來，心中懊惱不已：真是的，韓天和欣欣忘了考試這件事也就算了，怎麼連他這個當事人都忘了呢？原本是想溜去天界複習功課的，現在全完蛋了啊……！

附錄

趣說山海經

文／米家貝

外型特徵

化蛇有張人臉，
身體長得像豺*，
背上有一對翅膀，
能像蛇一樣爬行。
發出的聲音像人在喝斥。

*豺：體型像狗的犬科肉食性動物，皮毛多為黃褐色。

出沒地點

出自《山海經》〈中山經〉裡陽山的陽水。約位於今日中國河南省境內。

化蛇——

神話中的聲控水龍頭

神奇超能力

化蛇很少說話，但只要一開口，就會招來大洪水。

【玄武如何變玄天？】

在第一集《神獸獵人1：學校後山的怪事》中，我們對「四神」中的「玄武」有了初步的認識。那你知道外型是烏龜和蛇合體的神獸玄武，是如何從天上的星星，搖身一變，成為雄壯威武的「玄天上帝」嗎？

玄武，原指北方七個星宿*，這七星宿合起來，排列出的形狀像是龜蛇合體。古人將天上東、西、南、北四個方位中的星宿，想像成青龍、白虎、朱雀、玄武，四位星君鎮守四方。

* 星宿：中國古代的星座，共分二十八宿，可參考《神獸獵人1：學校後山的怪事》第122頁的說明。

後來道教將玄武奉為神明「玄天上帝」，而烏龜和蛇則化為「龜蛇二將」，成為玄天上帝的座騎，一起斬妖除魔。從神像中，可見到玄天上帝形象威武，右腳踏蛇，左腳踩烏龜。

玄天上帝的形象

古人創作的玄武

【神獸換我當】

讀完故事和介紹，我們知道「化蛇」只要一開口，就會招來暴雨和洪水，想一想這樣的法力能帶來什麼幫助？又有哪些缺點？

如果你是化蛇，會如何運用自己擁有的法力呢？

◆我覺得化蛇法力的優點是：

◆我覺得化蛇法力的缺點是：

◆如果我是化蛇，我會這樣運用法力：

◆畫下你心中想像的化蛇：

國家圖書館出版品預行編目（CIP）資料

神獸獵人 .3：雨中的神祕婦人 / 管家琪文；
鄭潔文圖 . -- 初版 . -- 新北市：步步出版：遠
足文化事業股份有限公司發行 , 2022.07
面；　公分
ISBN 978-626-96038-4-8（平裝）
863.596　　　　　　111005942

神獸獵人3：雨中的神祕婦人

作　　者｜管家琪
繪　　者｜鄭潔文

步步出版
執行長兼總編輯｜馮季眉
責任編輯｜陳奕安
編　　輯｜徐子茹
美術設計｜張簡至真

讀書共和國出版集團
社　　長｜郭重興
發行人暨出版總監｜曾大福
業務平臺總經理｜李雪麗　業務平臺副總經理｜李復民
實體通路協理｜林詩富　網路暨海外通路協理｜張鑫峰　特販通路協理｜陳綺瑩
印務協理｜江域平　印務主任｜李孟儒

出版｜步步出版
發行｜遠足文化事業股份有限公司
地址｜231 新北市新店區民權路108-2號9樓
電話｜(02)2218-1417　傳真｜(02)8667-1065
電子信箱｜service@bookrep.com.tw　網址｜www.bookrep.com.tw
法律顧問｜華洋法律事務所．蘇文生律師
印製｜中原造像股份有限公司

初版一刷｜ 2022 年 7 月　定價｜ 300 元
書號｜ 1BCI0030　ISBN ｜ 978-626-96038-4-8